Sarah Kirsch, geboren 1935 in Limlingerode/Südharz, studierte Biologie in Halle/Saale und von 1963 bis 1965 Literatur in Leipzig. Danach freie Schriftstellerin, seit 1968 in Ost-Berlin und ab 1977 im Westen der Stadt. 1983 zog sie in das alte Zwergschulhaus hinter dem Eiderdeich in Tielenhemme/Schleswig-Holstein. 1996 wurde sie mit dem Georg-Büchner-Preis ausgezeichnet.

Das Horn

4. Mai 1988: Es ist einfach ein sehr lauter Morgen auf dem Bahnhof von München und die Rolltreppen sind gänzlich kapores – zu viele verlorene Handschuhe weggeschmissene Pommes-Tüten heimtückische Bubblegums. Kolonnen behelmter Wesen arbeiten an verklemmten strapazierten Systemen. Und es geht weiter. Eine fast weiße Katze in einem kleinen Haus, mit schwarzen Öhrchen. Ein etwa dreizehnjähriges Mädchen das sich die Haare wäscht. Den Kopf über eine Schüssel gebeugt. Ausgeliefert fürn kurzen Moment. Ein Jäger mit einem Falken auf der behandschuhten Faust! geht auf einen Ort zu. Fahren und sehen und schreiben. Nach einer Stunde die hohen die schneebedeckten! Gipfel und wir schieben uns eine grüne Fläche hindurch. Maibäume am Anfang der Dörfer. Zugeklappter Löwenzahn weil der Himmel bedeckt ist. Hahnenfuß Wiesenschaumkraut und Schlehenblüte. Die ersten Kühe im Freien, Jungtiere der hiesigen beigefarbenen

Sorte. In Memmingen der Schlachthof. Der Weg der beigefarbenen Kühe er zeichnet sich ab. Die Einfahrt in Lindau schön wie im Kino. Alle Bäume erblühten und auf den Bergen der leuchtende Schnee. Spiegelglatt was sich reimte der See. Und Schwalben fliegen tief über ihn hin Flügelchen kühlen. Bin jetzt in Feldkirch und habe die Stadt schon sortiert. Es gibt einen Barockkern, ältere Brünnelein Kirchlein und Häuskens. Nicht vergessen ich muß hier noch lesen. Im Theater am Saumarkt. In der Gaststube meines Hotels mühen sich einige Einheimische ab. Sie trinken vom Biere und lesen vornehm in der Presse herum. Im Garten wird der Boxer Argo gebadet. Er ist acht Jahre alt. Hier könnte ich bleiben. Säße abends an der Theke unterhielte mich über Politskandale. Ginge mit Argo ein Stück in die Berge hinein weil er abdreht wenn niemand Zeit für ihn hat. Wieder zurück vom kleinen Theater. Lief alles brav. War mit würdigen Professoren noch im Kaffeehaus. Verlangen nach jenem Bett. James, see you later green

green Alligator. 5. Mayen 88: Befinde mich im Regional-Zug. Der Bahnhof wurde zwischen die Felsen gesprengt. Habe auf dem Wege hierher für meine Schafe Messingglocken erworben. Lese mein Horoskop in der Kronen-Zeitung. Daß es bis Sonntag nur Chaos gäbe und mir die Umgebung gar nicht gefiele. So schlimm isses nun auch nich. Wurde mit dem Großraumauto des Bürgermeisters von Konstanz nach Meersburg getan. Ins Fürstenhäusle geschaut. Meine Güte war es da hübsch und die bewachenden Damen gleichermaßen! Sah Annettens Perspektiv,

diesz riesenhafte zusammenschiebbare Fernrohr. Ist schwer zu tragen gewesen. Darin hatte sie dann aber das Pferdchen! Mal nah mal entfernter. O Je! auch auf den Friedhof geschaut. Wo sie Stiefmütterchen und Tausendschönchen besaß. Blauweiße Stiefmütterchen mit den Gesichtern neugeborener Katzen. Dann die Meersburg dies anrührende alte Ding und Gebilde. Auf den Dagobertsturm mit dem jungen Schloßherrn, über die unendlichen Dachböden hin wo die ausrangierten Meubeln still sich befanden sortiert nach Ähnlichkeiten oder Epochen. Eine Abteilung Badewannen, Sitz- und Schaukelmonster darunter. Eine Sammlung Nähmaschinen von den bemitleidenswerten Anfängen bis heute. Draußen Falken die wir aufgescheucht hatten beim Fensterladenaufreißen. Innen wir Fledermäuse und das schwebende ins Freie strebende schöne Gebälk. Entzückend überall langzustiefeln in des Wortes Bedeutung, staubwischendem Rock. Das Gemälde des Sees in den verschiedensten Rahmen der Fenster, großen und kleinen und schließlich denen von Annettens Spiegelei. Alles war da was auch ihr Schücking beschreibt, die abgehackte Hand. Und wie liebenswürdig die jungen und alten Schloßherren und Damen noch zu mir sind! Tee im heitersten Zimmer mit ungeschnäuzten

flatternden Kerzen den tiefen geöffneten Fenstern den beblümten Ufern des Sees. Der halbe Bodenseeklub war erschienen, ich stak zwischen Baronen und Engeln wie in einem Bukett. Verlaufe mich oftmals

hier in der Burg. Perpendikelte auf der Terrasse und plötzlich kommt mir der alte Laßberg, Annettens Schwager aus einem Seitengange entgegen. Trägt ne Samtkappe schwer mit Goldfäden bestickt. Fixiert mich und spricht, etwas gedankenlos schon: »recht und erfreulich daß Sie wieder zur Stelle sind!« Und als ich sage daß ich zum ersten Male hier stehe, lächelt er entschuldigt sich mehrmals weil die betrüb-

ten Reste seines Gehirns mit Uhland! verwexelt mich hätten. Sapperment, der war ein Mann und rund wie ein Faß. In diesem Schloß wurden schon früh seltsame Dinge gesehn! Kam Annette eines Tages als

Schücking auf der Meersburg noch war an seinem Turme vorüber, sah sich selber darin mit dem Freund ne Versteinerung artig betrachten. Ein kleines fast weißes Ammonshorn aus den Weinbergen nahezu auf allen Vieren hervorgeholt. Bin in einer ihrer Kemenaten untergebracht wie man mir sagte. In einer Stunde die Lesung. Will auch das Vorwort zu meiner Droste-Auswahl herunterbeten. Hoffentlich akzeptiert das der Ortsgeist. Er tat es mit Ächzen und grauslichem Knarren und ne Spinne ließ sich, hol mer der Debbel! auf meine Schriften noch nieder. Bei den Schloßleuten später der Umtrunk. Burger war auch auf der Burg und wir machten uns über Mancherley lustig was in den Köppen der Feuilletons steckt. Hockten in dem breiten geöffneten Fenster und sahen ein Totenlicht! über den See gehn. 6. Mai 1988: Der Ritt übern Bodensee steht itzt bevor. Konnte nachts den Mond baden sehn. Das Einhorn von meinem Zimmer trug mich in hochtrabende Träume: Jenny zeigte mir ihren Garten in welchem die Aurikeln erblühten. Schenkte mir Tochterpflänzchen einer blauäugigen Sorte. Unglaublich wir lachten über den haltbaren Giersch, der hiesigen Felsen bezwungen. Annetten sah ich nicht diese Nacht. Später saßen alle am Frühstückstisch die zur gegenwärtigen Besatzung der

Meersburg gehören. Keiner hatte es sich nehmen lassen zu kommen wenn es auch morgens um Fünf war. Noch die Katze saß auf ihrem Sessel, aber sie verbarg nicht das Gähnen. Die Hausherrin deren Augen wie bei meiner Mutter geschwächt sind, stellte sorgfältig ein Schächtelchen Reiseproviant zusammen. Der alte Schloßherr bestand darauf mich an das Schiff hin zu bringen. Ein sanfter Mensch den ich da küßte. Der junge Schloßherr war zuvor zu seinen Computern gegangen. Trägt einen Doppelnamen, eine Adoptionsgeschichte wohl gar. Spiegelblank lag der See und die Schwäne und Enten waren mit ihrer Morgentoilette

befaßt das rufende Schiff nur locker gefüllt. Schon fahr ich im Zug, noch spiegelt der See. Lese »Far from the Madding Crowd« von Thomas Hardy. Er kennt auch die Schafe. Bin schon am Rhein. Napoleums-Pappeln. Wir sahen alle schöner und grüner schon aus, haben in schlechtren Hotels geschlafen sagt ja der Dichter. Burgen und aus den Gärten entwichene Nachtviolen. Noch ein Stündchen Fahrt, dann auf die Insel des Reichtums, falls der Professor mich in Düssel mit seinem Rolls Royce nicht verpaßt. Hab ne gegenläufige Ahnung. Überall blüht auch der Raps. Besonders hübsch auf der schweizerischen Seite des Sees wie ich es heute früh von der Burg sah. Als der Turmfalk um mein Fenster flog mich in Augenschein nahm. In Konstanz auf dem schäbigen Bahnhof kaufte ich mir gigantische Ansichtskarten Din A 3 das beliebte Motiv von der Burg. Innen hinter den Mauern fand ich ganz gerührt die Familie nebst der Katze um den Tisch wieder versammelt. Die alte Schloßherrin im blauweiß geblümten sehr schönen Kleid, den Burgherren senior mit dem milden Gesicht, ein Abendstern wie er mich an der Fähre rückgeküßt hat oder war es der alte Laßberg? den Burgherren junior, der alles geerbt hat und die Schätze per Video nun überwacht weil die sog. Menschen deren Eintrittsgeldes cr zur Restaurierung der Burg dringend bedarf, Schwertknöpfe abdrehen

Cum Gratiâ

und stehlen was sie mitschleppen können. Und wie ging die Geschichte von Pünzchen, der Katze? Die sie vor elf Jahren als sie zur Meersburg kamen in ihrer vorherigen Heimat gut übergaben weil sie glaubten Pünzchen die alle sehr liebten wär damit gedient? Aber Pünzchen aß nicht seit diesem Tag so daß sie nach zwei Wochen die Katze dringlich abholen mußten. Und als Pünzchen auf der alten Dagobertsburg aus dem Korb stieg requirierte sie schnell ein paar Sessel und besonders die Ottomane auf der sie jetzt sitzt während ich sie durch die Mauern erblicke. Nun sind die Berge am Ufer des Rheins breit und flachgeschlagen, ein ausufernder Zustand. Es wird trivial

kurz vor Bonn weit und breit nicht mehr der geringste Ortsgeist. Wurde nicht abgeholt und schlug mich mitm türkischen Taxi zu dieser Rheininsul durch. Kam mit heraushängender Zunge zur Lesung weil niemand den Lokus hier kannte. Las in der ständigen Ausstellung drin und es waren tatsächlich Zuhörer da und ne entsetzliche Hitze. Die postmodernen Glasdächer erwiesen sich nicht freundlich zu empfindsamen Bildern. Die armen Arps und Corinths schwitzten wie ich, und nachts isses kalt und meistens zu feucht aber was konnten wir tun gegen die halbgaren Mäzenatenideen der Reichen? Etwa die Bilder befrein nach dem Muster militanter Versuchstiergegner? Bißchen Kitsch war auch überall druntergeraten afrikanische Holzsouvenirs grauenhaftester Abart. Und so ähnlich war das anschließende Konzert. Perlen und verschimmelte Erbsen bunt durcheinander. War froh im Hotel dann zu sein. Aber die Missionsreisen haben es faustdick hinter den Ohren. Ein Nobelschuppen dieses Hotel mit einem schwarzen Portier man könnte ja meinen ich lüge, und die beliebten Pornos für die Nacht aber auch noch den Tag standen abrufbereit zur Verfügung. 7. Mayen 88: Für 450.– Demark hatte ich niemals geschlafen. Ließ mich fortwährend wecken – es brummt die Glocke es schnarrt noch das Herz – um mir den geschenkten Zimmerpreis bestätigen zu lassen. Schlief sehr schlecht. Abgeschottet ist man ganz wie im Knast und die Klimaanlage hält nicht ihr

Maul, klappert und plappert wenn man gerade eingeschlafen ist. Sehe am frühen Morgen itzt in ein Rheinknie wo die Schlepper sich schon bewegen. Auf der anderen Seite ein Atomkraftwerk so isses im Leben. Rechts noch ein übriggebliebener Bauernhof dessen Güllesilo halbleer ist. Mauersegler. Ein Schäferhund wird von einem Polizisten gestriegelt. Ich hab Einblick und Durchblick. Einblick ist ab einer bestimmten Höhe der treffende Ausdruck. Im Atelierhaus bei der Nietzsche-Tagung nun gar. Wofür ich auch eine Heuer bekomme. Manche Philosophen die fest zugesagt hatten sind niemals gekommen. Es geht um Labyrinthe und Goldschachte hier ach wie treffend. Viele gelehrte Häuser scheinen zugegen zu sein, solche aus

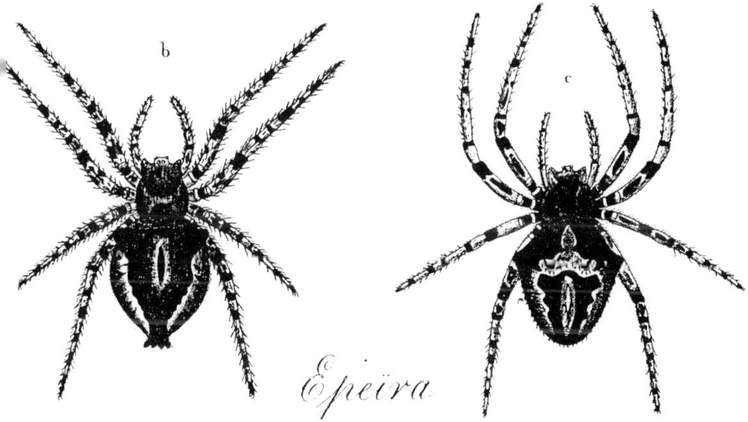

Belgrad und San Franzisko. Auch von Tübingen welche und ein und der andere Antichrist schleicht draußen durch Gebüsche und Bäume. Ein tänzerischer Ton hängt schon im Raum ob der Zitate und ich schreibe und schreibe und Raija neben mir malt entzückende exentrische Muster daß sie nicht einschläft. Wahrscheinlich. Es raunt hier ganz schön und das Pathos ist auch nicht von Pappe. Die Hyperboräer haben das Rätsel geknackt mit krachendem Kiefer. Jetzt sagt jeder Anwesende je nachdem er zu abstraktem Denken befähigt ist was ihm so in etwa ein Labyrinth ist hier auf der Ober-Erde. Ariadne reich mir dein Faden hol mich heraus. Es singen viel Amseln und Buchfinken auch über dem Chaos und der Mann mit dem wahnsinnigen Bart schwebt durch die Materje. Kam mitm winzigen Rucksack von Sils-Maria herüber, kommt Kinder wischt euch die Augen aus es giebt was zu sehen. Hat ein reißendes Tier in sich selber. Holt aus seinem Rucksäcklein Celans »Sprachgitter« raus. Alles sehe ich während die Philosophen wie sie sich skrupellos nennen Vorträge leisten. Überlege mir ob Heinrich Müller noch herkömmt da er angekündigt ja ist. Sähe ihn gerne mal wieder. Friedrich und Heinrich im Labyrinthe sodann – wäre ein netter Anblick. Und während ich so aus dem Fenster sinne, die Situation aus der Schule sehe ich in den Büschen den flatternden Ranken ein großes lockendes winkendes N in lateinischer Schreibschrift. ER läßt wohl schön grüßen, freut sich über die massige Zuwendung noch. Elsterlachen bricht aus den Parkbäumen vor. Wie abgrundtief traurig ich plötzlich auch bin. Der Zilpzalp ist mächtig am Werke und wir werden von Spaziergängern betrachtet wie Thiere. Heinrich Müller ist wirklich erschienen sprang mitm Fallschirm gleich außem Flieger kurz vor eigener Lesung. Las einen Text über die

unteren Organe und es war ein politisches Stückchen. Die Leute blieben einfach sitzen und wollten noch mehr. Am Abend im Rosa Haus ein Konzert. Nietzsche-Kompositionen. Wow! Aber ich fürchte daß er es ernstgemeint hat. Ein junger sehr guter Schauspieler flüsterte schrie weinte höchst wunderbar den »Ermanerich« von 1862. Das war was für meine verkommene Seele. Der zweite Teil bestand aus einem Abendessen gestylt von einem koreanischen Koch. Da schlangen wir niederen Menscher. Habe viel mit Heinrich Müller geschwätzt. Es war aber nicht lange vor Mitternacht daß ich an Aufbruch auch dachte. Fuhr mit Oskar in das Protz-Hotel, und die anderen versackten wohl langsam. 19. Julius 88: Im Café Westwind, wo er mich hingeweht hat. Mein Bus geht erst in einer Stunde. Hier ist es sehr schön, sehr schäbig. Viel interessanter als in der Destille und voller Charme. Draußen aber hält schon – der Tod! Ein dunkeles Auto mit folgendem Nummernschild: HEI-N 444. Er ists! Weiß Jeder, daß 4 die Nummer des Todes iss. Will sehen, vorüber!zukommen. Noch gelingt es ja leicht. Und mir, ehe der Bus abgeht, Farben erwerben: Gold! und Silber! fehlen mir recht für meine dilettantischen Werke. See you wiederum later, mein sweet alligator called James. Hat spitze Zähne. Der Zirkus Krone ist

aufgebaut, und es riecht bis ins Café nach den Pferden. Man sieht viele verschiedene Zirkushunde, wie sie zu den unterschiedlichen Wagen gehören. Nette vermischte Hunde. Denen ihr Zirkusleben gefällt. Selbst wenn man den Tiger wittert. 21. November 88: Unterwegs und im Zuge, vor Hamburg. Auf dem Weg ins Exil, zu der Stadtschreiber-Stelle. Es reicht nun allmählich. Überall Reif, ab Altona ne winzige Schneeschicht. Kann später den Walkman aufstülpen, führe excellente Kassetten mit mir. Merkwürdige Reisende allenthalben. Ihre billigen Zeitungen haben die Spitzenmeldung, daß in der Deutschen Demokratischen DDR nun schon sowjetische Zeitungen verboten sind. Vorboten Verbote. Ebenso Filme. Die Welt wird da schöner mit jedem Tag. Ich sehe schwarze Hühner vom Zug. 8. Märzen 89: Es liegen Schiffe im Nadelwald drin, alte Seenotrettungskreuzer bei Meldorf. I'm very happy, daß mich der Zug nicht nach Mainz trägt. Kann sich Bieneck jetzt ärgern. Das Göld wird ja gerne genommen, aber den Stadtschreiber

machen ist schwer. Winzige Lämmer. In diesem Jahr sind sie alle schon draußen. Ich armes verlorenes Kind. Vaterlos, glaubenslos. Fröhlich. Schafe. Lämmer. Schafe. Lämmer. Pein & Pein Forstbaumschulen. Gleich lese ich Laxness. Altona. Die Sitze werden umgedreht. Ich bin Weltmeister im Sitzeumdrehen. Lese von Unterzeichnetem. »Ach, dieser ganze Grammophonismus heutzutage, Herr du mein Gott!« Der knurrende Wolfshund aussem Nachbarabteil. Kaum Windbruch in diesem Jahr. Chemische Kessel im Walde. Alles sehr unübersichtlich und sog. Hügel dazwischen, die einem die Sicht dann versperren. Kleinste Städte, in denen mittags die Straßenbeleuchtung brennt. Wir sind doch nicht in Norwegen. Die Mitreisenden sagen, in Hannover würde es immer voll. Lese gleich Helga Marias neuen Gedichtband. Anscheinend wunderbar. Die runden Berge ziehen vorüber. 20. April 89: In Heide, der häßlichen Stadt. Nachdem ich beim Glatzenschneider war. Auch wieder Fahrkarten erworben, Köln Aachen Düssel. Von Carola Post gestern: hab es herausgefordert. Schrieb ihr in Schneewärme rein: Für Carola die mich vergessen hat. Postwendend der Eilbote nun. Sie sagt, ich hätte ihr drei Mädchen geschickt, die fest bei ihr wohnen. Wie sie alle langsam von Agrarfliegern vergiftet werden. Die Birnbäume sind abgeholzt, daß sie überall starten und landen können. 25. April 89: Es geht gerade über die Hochbrücke hin, Wälderchen bis an mein Knie. Lämmer neben ihren wollenen Müttern. Pferde und Fohlen. Die Futtermieten fast abgeräumt. Ich lese ein sehr schönes Islandbuch, wonach ich lange gesucht hab: Ina von Gumbkow

»Isafold«. Eine wirkliche, sehr romantische Geschichte von 1907. Der Berliner Forscher Walther von Knebel unternahm mit seinem Freund, dem Maler Max Rudloff, eine Expedition in das Gebiet der Askja. Von einer Erkundungsfahrt auf dem Kratersee kehrten sie nicht mehr zurück. Ein Jahr später begaben sich seine Verlobte, eben diese Ina von Gumbkow, und der Geologe Hans Reck auf ihre Spuren, um das Rätsel womöglich zu lösen. Abenteuerliche Wege auf dem Rükken kleiner isländischer Pferde, bis zum Hals im Wasser der Stromschnellen da. Es regnete immer fein und beständig, und sie erwärmten sich bei Solfataren. Und konnten das Geheimnis nicht lüften. Sie veränderten sich, die Trauer löste sich auf vor gewaltiger Schönheit. Der Rudloff-Krater fauchte leise, als sie vorüberzogen. Und wenn ich solches lese, will ich sofort wieder hin. Die weiße Insel betreten. Aufwühlende Liebe ist es wie früher zu Männern. Nun im Hotel, das ich ja kenne. Zu den Drei Königen gar. Fast so schön wie einmal der Gasthof »Halber Mond«. Höre Schumann aus dem eigenen Radio, das ich stets bei mir habe auf den Missionsreisen hier. Hotels haben oftmals entweder gar keins oder nicht die dritten Programme, von denen ich abhängig bin. Es waren aber die Studien für den Pedalflügel, in einer Bearbeitung von Debussy. Gott grüß sie beide. Wer von ihnen war in Köln? Zwei? Keiner? Einer? Meine Mutter brachte mir heute früh ein Tütchen Obst an den Zug. Sehr niedlich diese alte Mutter, wie sie mit Wölfchen auf dem Bahnsteig zurückblieb. Sie winkten und hüpften, bis ich auf und davon war. Vorher in T. winkten Robert und Moses. Es regnet. Habe noch zwanzig Minuten, bis ich abgeholt werde. Das Hotel verschenkt Trüffeln. Habe es schon bedeutend schlechter getroffen auf Alphabetisierungsreisen. Lesung gut überstanden. Voll war es auch. Vor Erleichterung hinterher noch mit in einen Schweizer Keller, naja. Einen Scheck hab ich von Dreien. See you later, James Green Alligator 26. 4. 89: Erwacht, es gibt ne Baustelle vorm Haus. Spaziergang im Regen, um die Kirchen herum, durch löwenbewachte schlafende Höfe. Mit Hanns Grössel getroffen, dem sehr wunderbaren Übersetzer von Inger Christensen. Wir haben im September zu dritt eine Lesung im Schlosse zu Glücksburg. Er in sein Funkhaus, ich auf den Bahnhof. Der Zug fährt bis Ostende. Japaner eilen herum. Ihr Land ist so übervölkert, daß jeder zweite eine zweimonatige Reise subventioniert kriegt. Heute ist das Erinnerungs-Datum. Drei Jahre danach. Was war ich erschrocken, was hoffte ich auf die Anpassungs-

fähigkeit meines Gemütes! In vierzehn Tagen bin ich gerettet, sagte ich mir immer wieder. Nicht, daß mit dem bißchen Zeit was gewonnen wäre, doch ich kenne mich aus mit den leichtsinnigen Menschen. Armes Volk aber lebendig fürn Lidschlag der Ewigkeit. Nun in Aachen. Dauerregen auch hier. Und ich geh doch raus. Nasse Füße. Kam ne Lady vom Belgischen Rundfunk, ne junge Mutter, um ein Interwjuh. Hab ihr erstmal gesagt, was heute fürn Jahrestag ist. Gitarrenmusik, von Herrn Williams gemacht. Die hübschen Variationen vom Zauberflöten-Thema. Werde wieder abgeholt. Und bin retour. Waren bessere Umstände als gestern. Im Fernsehen Dr. Brinkmann als Faust. Ich loch mich kronk! 27. April 1989: Nun aber in Düssel. Feines Hotel mit Pornos und Kriegs-Videos, wie es für den gehobenen Dienst-

461. Neufundländischer Hund.

reisenden üblich jetzt ist. Gleich fahr ich zu Freund Naegelchen hin, seine entzückenden Felszeichnungen sehn. Gemeinsam zur Lesung. Die erste Frage ging so: »Ich habe gelesen, daß Sie zwei Neufundländer haben« – ich: »leider nur einen! – »wie ist es möglich, daß sich in Ihren Gedichten nur Katzen befinden?« Erwiderte, in Allerleih-Rauh käme der Hund fortlaufend vor, und daß es wahrscheinlich doch so sei, daß Katzen ein lyrisches Element darstellen könnten, Hunde der Prosa zugeschlagen würden. Es

37. Der Alpenhund.

scheint mir, so sagte ich, sowohl ne Grundwahrheit als auch der Unterschied zwischen den Genres zu sein. Aber sie glaubten, ich scherzte. 28.4.89: Nun werfe ich meine Sachen schon wieder zusammen. Die gutgemeinten jedoch die Geschenke vergesse ich hier. Hab keinen Esel dabei. Düsseldorf-Bücher, selbstgedichtete Dramolette. Ballast empfiehlt es sich rechtzeitig abzuwerfen. Bin auffem Bahnhof. Ich schreibe mich so durchs Leben. Gerade eben niese ich und trinke Irish-Coffee da wo es zieht. Wer den

Bahnhof von Düssel kennt, weiß wo ich sitze. Hinter einer Agave. Armes Ding. Kein guter Ort für uns beide. 8. September 1989: Als ich ein Kind war, hörte ich in der Kirche von Johannes, dem Teufel. Fand es wirklich sehr christlich, von einem Satan so freund-

lich zu reden. 21. November 89: Befinde mich ein anderes Mal und wieder im Zuge. Eine altmodisch Reisende stets. Muß mehrfach umsteigen, bevor ich in meinem Habichtswald bin. Der Reisesack ist leicht. Habe nur eine Puderdose darin und zwei Bücher. Das erste Mal die Züge gewechselt. Eine Zeitung gekauft. Erblicke einen Auwald, wo die Bäume amphibisch leben. Leichtgehügelt das Land. Größere Wälder als in unserem Landstrich. Dafür nicht ein Meer in der

Nähe. 'n Steinbruch wird sichtbar mit seinen besten Versteinerungen. Lese, daß Grass in Leipzig nun liest. Die Dissis aber werden nicht reingelassen. Loest will ja unbedingt hin. Ich hab viel Zeit. Nun in einem Trieb-Wagen drin, wassen erotischer Ausdruck. Die

Tür zum Triebwagenleiter ist aufgetan, was es ermöglicht, vorauszusehn. Eine kleine einspurige Strecke. Wenn der Zug hält, wird vom Schaffner die Post rausgereicht. Wald auf beiden Seiten, es geht bergan. Ein Milan hängt über ner fuchsroten Wiese. Ein abgebranntes Anwesen im Hintergrund. »In der Hochzeitsnacht abgebrannt«, sagt der Schaffner, der wieder Post rausgereicht hat. Gleich bin ich am Ziel. Die Zeitung lasse ich da. Es beginnt langsam zu schneien.

Wurde abgeholt und über Berg und Tal noch gefahren. In einer alten letzten Ente. Im finsteren Wald stak das Hotel gänzlich verborgen. Von einem Zoo-Park umgeben, dessen vornehmste Elche ich sah. Acht weiße nubische Esel im Schnee. Der hier ne Höhe von dreißig Zentimetern erreicht hat. Will nun in meinem Zimmer, das ganz originell ist, mit meiner Puderdose was anfangen. Dann Zettel in die Bücher legen, bis ein Herr Sorge mich abholt. Vielleicht erst ein Süppchen noch löffeln. Süppchen war gut. Sternchennudeln zum Schneefall. Der Sorge kam, wir schritten fumfzehn Minuten bergab in die Stiftung hinein. Eine Privatangelegenheit, wie ich erfuhr. Las, und es war wie immer sehr voll, und eine Diskussion sollte auch noch ausprobiert werden. Etwas irritierte mich ein alter Knabe mit Kopfhörern übergeschnallt. Doch ich hatte schon Lesungen mit Strickzeugen, angelegten Säuglingen heil überstanden, so ließ ichs damit bewenden, runzelte nicht mal die Stirn. Bei der Diskussion kam nix Schlaues heraus, zumal die Teilnehmenden meistens gemütskrank waren, wie ich schließlich mitgeteilt kriegte. Ich kann mir meine Lesungen nicht aussuchen, höchstens ihre Geographie. »Habichtswald« hatte den Ausschlag gegeben. Alles ist ne gewöhnliche Arbeit und basta. Sehr oft

lese ich ja nicht. Höchstens zwölf Mal pro Jahr. Dies war das zwölfte Mal, was will man da groß verlangen. Göld. Eine ältere Dame, so kann man wohl sagen, ließ sich ihr Buch signieren. Es war keines von mir. Sie beugte sich nieder und sprach in mein Ohr, wobei sie auf eine hübsche Mitvierzigerin zeigte: Jene in der geblümten Mantille habe gestern einem Ferkel das Leben geschenkt. Sie gickelte affektiert und ich sprach »Du liebe Zeit!« wie meine Mutter es tut, wenn sie ihrer Verwunderung, ohne sich festzulegen, Ausdruck verleiht. Die Wöchnerin ließ sich auch was signieren, und bevor ich den Stift abgesetzt hatte, schnappte sie meine Puderdose, steckte sie ein. Breitete ein dreckiges Taschentuch drüber. Ich holte tief

Luft, was konnte ich sagen. Signierte zähneknirschend als »Friedrich Gerstäcker« die folgenden Bücher. Stiefelte allein zurück durch den Schnee. Die nubischen Esel schluchzten als sie meiner da ansichtig wurden. Schaute unter der Eingangslaterne nach meinem Scheck. Vermißte die Puderdose doch sehr. War ne ehemalige Tabatiere meines Urgroßvaters gewesen, mit einem Freimaurerzeichen. Lesereisen nehmen oft ihren eigenartigen Verlauf, meist entsteht ein Verlust. Mal prellen sie einen ums Fahrgeld, ein andermal ist das Hotel ein gräßlicher Flop, und sie ersparen sich goldene Nasen daran. Dieses ließ kaum was zu wünschen übrig. Setzte mich noch für ne geringe Weile an die Bar, won einsamer Mensch rumhing. Sich als der Veterinär des Zoo-Parks entpuppte. »Hatte noch einmal nach dem Rechten gesehn.« Die Esel gehen um diese

Zeit weit in die Wälder, kehren nicht selten mit neugeborenen Fohlen zurück. Kommen gerne ohne Zuschauer nieder. Ich erzählte ihm meinerseits von der seltsamen Kundschaft eben, der mitgeteilten Schweine-Geburt. Er lachte herzhaft und sagte, ja, er habe die Frau da entbunden, weil Es in seine Zuständigkeit fiel. Da zahlte ich eilig. Hau mich itzt verwundert aufs Ohr, muß morgen früh raus. 28.12.1989: Eine Sendung »Der Herbst 89 in der Literatur« aus meinem Radio hier auf der Insel. Die westdeutschen Experten sind verschiedener Meinung über die Rolle der Literaten in diesem Zeitraum. Ich glaube, die Kollegen aussem Ländchen eigneten sich alle nicht so gut zu Volkstribunen. Und Volk is immer zu störrisch, verhält sich nie, wie es soll. Oder die Schriftversteller da machen die tollsten Resolutionen und Krenz unterschreibt. Und Markus als Wolf knöpft sich innen abgewetzten Schafspelz und will ein Dichter nun werden – da lachen aber hier auf der Insul die schwarzen Hühner! Haben die Schriftsteller der DDR die Revolution vorbereitet? wird nun gefragt. Welche Revolution denn? Der eine Experte ist so skeptisch wie ich. Rosenlöchers zitiertes Tagebuch scheint kitschig zu sein. Wallungen alles. Er findet Modrow gut – so viel Blindheit wie hier jeder Maulwurf besitzt. Die Autoren in der DDR würden meinen, sie stäken in einer Krise. Ach du schweiniges Vaterland du. Wie ist mein Zwerchfell erschüttert. Was es für ewige schlottrige Angsthasen doch sind. Verschlägt einem die Sprache. Lieber Post erledigen. Auch auf Reisen. Sitze auf ner dänischen Insel, weil ich nichts Deutsches mehr hören kann. Will mich gerne um anderes mühn. Etwa das Püttloch vor meinem Fenster. Heute so leergefegt, wies gestern bevölkert war. Die Brandenten, Säbelschnäbler, Graugänse, Tütter, noch die Fasane sind weck wohl ins

Watt. Der feine Sand, welcher herumfliegt, sieht wie ne Nebelbank aus. Ne Wiese voll Wollgras hoch in den Lüften. War mit der Windsbraut eben beschäftigt, als ich Milch holen ging. Lag Reif auf dem Vorland. Die Adresse hier hab ich von unserem Landarzt. Besitze ein sehr kleines Zimmer unter dem Dach. Die Wirtsleute haben früher mittlere Kähne gesteuert. Alte Hornfische jetzt. Wir sprechen wohl Friesisch miteinander. Hat nix mit Plattdütsch zu tun. Fand sichn älteres Spinnrad, das wir in Schwung setzen konnten. Wurde von den Anwesenden abwechselnd gesponnen, was vor allem Vertrauen brachte. Gestern nahm mich der Alte mit zu den Muschelbänken. Die Schätzchen da hängen an Tauen und alten Autoreifen zum Beispiel, wachsen aber in letzter Zeit nicht, wie sie sollen. Haben ihr exentrisches Wesen längst aufgegeben. Was die Einheimischen nunmehr entsetzt. Bekam ne grüne Schwimmkugel aus Glas. Nachher Gummistiefel erwerben. Meine vergessen. Jedesmal kaufe ich mir neue auf einer Insel. Die letzten waren von Klintholm Havn auf Møn. Mein kleines Radio macht Schwierigkeiten. Ich muß es in den Wandschrank legen, dann sendet es fast, was es soll. Dieses Haus hat den obligatorischen Buchsbaumgarten. Im abgetrennten Gemüseabteil verwunschene Rosen-

kohlstauden und Petersilie in Plastiktüten. Ich habe meine Muscheln und die samtschwarzen zipfligen Hüllen der Rocheneier auf dem Fensterbrett ausgebreitet. Soll die Blumenstöcke hier gießen. Meine Alte mußte nach Tønder zu ihrer Schwester. Tue ich gern. Ihr Mann ist zum Strand gewandert mit glimmender Pfeife. Muß meine Post jetzt erledigen, darf mich nicht drücken. Es gibt zum Beispiel ne Übersetzung ins Schwedische, die zur Beurteilung war bei

Kleinheinrichs sehr klugen Trollen. Das Ergebnis ist ganz vernichtend, so muß ich alles verbieten. Danach fahre ich zu meiner Erbauung mitm Rad strikt den Meersaum entlang. Gesagt getan, alles. War auflaufendes Wasser, Vogelscharen beim Fischen. Seesterne gefunden. Am Leuchtturm vorbei, im Café einen Rumpunsch getrunken. Saßen ein paar alte Knochen und Fischköppe da und schwadronierten. Nachmittag will ich in die Røde Kirke, wo sie die Orgel schlagen.

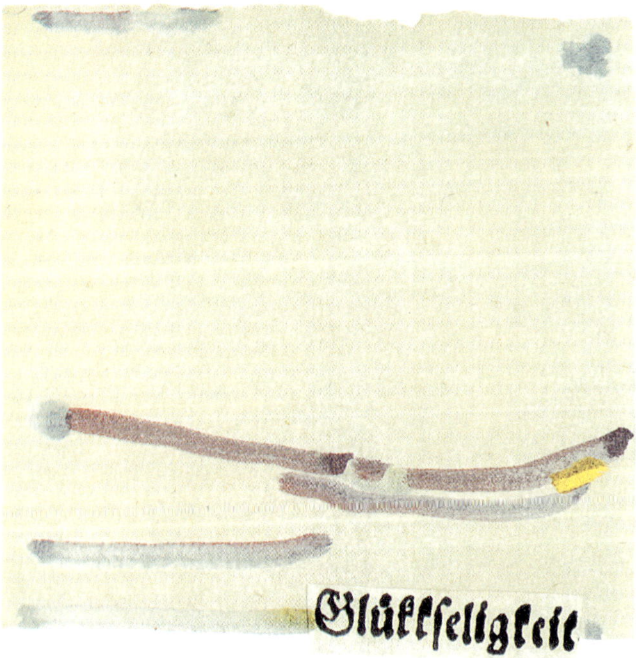

Höre schon wieder Rügenradio, alles aus dem zusammenstürzenden Ländchen. Es nebelt sich ein, die Tempelatulen sind spülbal gefarren. Der schottische Nebel hätte mir fast das Konzept verdorben. Man muß quer übern Strand, wozu das Kirchenlicht unverzichtbar dann ist. Der Alte bot sich zu meiner Begleitung an. Ihn trieb es zur »Hölle«, einem engen Häuschen neben der Kirche, wo ein Schulfreund

von ihm wohnt. Würde mich später auch wieder abholen versprach er. Das Instrument ist eine sehr alte Klapmeyer-Orgel, wegen ner »unverhältnismäßigen Anzahl kleiner Schreistimmen« berühmt oder berüchtigt. Mir gefiel sie natürlich gerade deshalb. Paar arme Kreaturen unerlöst auf ihrer Fahrt durch die Zeit. Der Organiste kam aus Antwerpen, und er spielte zum Schluß zwei weltliche Stücke, wie sie seinerzeit an Markttagen üblich waren. Als die Menschen in der Kirchenbank ausruhen durften. Sie noch die Hündchen mitbrachten. Ihre Kleinen, Jütte, Torben, Lavst-Berendt und Mette mit nassen Höschen auf den Stufen der Kanzel. Wo sie Rundstücker essen. Sah alles deutlich während die Orgel brav dröhnte und stöhnte. Las auch die Namen der alten Pastoren auf einer goldenen Tafel. Mancher blieb nur zwei Jahre an diesem Fleck hier, andre ihr ganzes Leben. Christoffer Mumme, Niels Gyldenstierne. Auf den

bunten Deckengemälden springen die Hunde. Zwischen nahzu abstrakten Strichwesen wie von Klee oder Penck. Die fallen alle am Ende der Bahn zu den Teufeln ins Feuer. Die Hunde aber waren ne hochbeinige abgemagerte Species, welche sich um ein paar schimmelige Brocken da schlug. Was ne seltsame weltliche Kirche! Auf dem Rückweg erzählte der Alte, wie sie als Kinder Schollen fingen im entweichenden Wasser. Wie man die Fische unter den Füßen erfühlen kann. Sie blitzschnell hervorholen muß. Habe die Agaven sparsam gegossen, die vor den Ochsenaugen. Werde mir zwei Ableger mitnehmen, die es reichlich gibt. Reise öfter mit irgendwelchen begeisternden Pflanzen. Ein Schmetterlingsglaube, daß Pflanzen nicht wandern. Zwei Stück von einer Art sind besser als eins, alte Weisheit aus den Tagen der Arche. So befällt mich keine Verlustangst, daß dem einzigen kostbaren Ding was Entsetzliches zustoßen könnte.

Gehe nun normal damit um, gieße weder zu viel noch zu wenig. Kann verschiedene Erden, andere Standorte probieren. Kein Wunder, daß im Garten von T.

die seltensten Bäume in doppelter Zahl versammelt sind. Zwei Ginkgos, zwei Platanen so weit im Norden, zwei Metasequoien, zwei Wolläpfel, zwei Geweih-Bäume auch. Sah aus dem Ochsenauge lange ins Weite. Bis der Nebel, die Dunkelheit, später mich bremsten. Erst reichte mein Licht aber weit. Sah den Zaunkönig in der Ligusterhecke rumspringen. Seine mehrfachen Nester. Denn er kömmt mit einem nicht

eschige zunbada

aus. Mal sitzt er in diesem, dann am liebsten im anderen drin, dem mit der Heidschnucken-Wolle. Kam wie eine Maus durch die Zweige gerannt, stieg endlich ne Strickleiter ganz aus Mondlicht empor. Verlor sich im Himmel. Als die Ertrunkenen zu klagen

begannen. Die angeschwemmten vom Friedhof der Namenlosen. Das Radio im Wandschrank spricht halbwegs vernünftig. Nur daß sie jetzt im ersten Teil meines Landes den Marx und den Stalin gleich in dieselbe Balge stecken und auskippen wollen, dies geht mir nich innen Kopp. Redeten beide simultan aus dem Schrank, und ein Panzerkreuzer schoß in die Matrosen von Kronstadt hinein. 29. Dezember 89: Bevor aber der Dietz-Verlag mit dem Ländchen verschwindet, will ich mir schnell meinen Marx noch

ergänzen wegen des herrlichen Outfits. Martern aller Arten. Entengeschnatter zwischen Nebelhorns Rufen. Die Turmuhr von Weitem. Die Katze hat sich in meinem Bett auf doppelte Größe längst ausgedehnt. Sie wollte unbedingt bleiben. Ich bins ja gewöhnt mit einer solchen in den Kniekehlen zu schlafen, zu rangieren seit nunmehr ölf Jahren. Habe viele Techniken, die Seiten zu wechseln, erlernt. Es sind die Wechseljahre wohl gar. Das Bett hier ist eines mit Giebeln und Seitenbrettern, das Deckbett mit Eider-

daunen gestopft. Sehr fett aber sehr leicht. Daunen holt die Alte sich nach und nach aus den Gelegen brütender Enten. Lasse das Fenster über Nacht wieder offen, erhöre den Wind und das Meer. Gegen Morgen hatte die Katze mich dennoch verlassen. Und zwar durch das Fenster, obgleich es unter dem Dach liegt. Sie muß den Birnbaum als Treppe benutzen. Der Alte ist zu seinen Reusen in hüfthohen Wasserstiebeln

mitm Südwester. Der Kaffee steht in der Röhre. Jeder kann sich bedienen wie ihm zumut ist. Es wird kein eigentliches Frühstück mehr angesagt seit vielen Jahren. »Wie wär das mit einem Meeraal?« fragt gerade der Alte, als er mit einem solchen hereinkömmt. Weshalb denn nicht, aber lieber erst Mittag. Vorher muß ich was tun. Hab keinen Urlaub, nur ne Ortsverschiebung einlegen können. Höre wieder Radio aus die-

Fig. 20. Höckerschwan. (*Cygnus olor.*) Ueber 1 M. lang.

sem Schrank. Heute fürtrefflicher Empfang. Gedichte von Tove Ditlevson. Muß ich mir eilig besorgen. Habe meinen Artikel geschrieben, die Korrekturbögen gelesen. Autors Erdenwallen. Morgen alles absenden. Den Articul in die Maschine noch tippen. Führe die kleine Mechanische mit mir. Holte mir Kaffee aus der Röhre. Der Alte ruft mich ans Telefon. Mein Verlag, der die Fahnen erheischt. Nur keine Panik Damen und Herren. Iris und Heide, Ulrich und Reinhard. Bald gibt es sowieso nur noch Computer und Analphabeten. Sägemehlsäcke vor ewigen Glotzen. Es wird finster wie im Arsche des Bären. Ein Wintergewitter geht nieder. Würge mein Radio ab. Bündel von Blitzen in den stumpfschwarzen Wolken. Auf See der Widerschein, sprützende berghohe Wellen. Jetzt hagelt es, aber ich soll der Katze Mimi was holen, daß sie an Schwindsucht nicht stirbt. Doch wohl Milch. Mußte ich erst aus dem Kuhstall rauskriegen, bis auf die Knochen durchnäßt. Milch vom Hofe des Deichgrafen isses. Stand gleich in der Diele, als ein Donnerschlag mich durch die Tür warf. Wie im Wohnzimmer sah es da aus, so nicht die Kalberchen vorhanden wären. Ragte ein königliches Teegeschirr auf mich zu, schlug ne alte Bornholmer Uhr. Für beides würden sie glatt einen modernen Boxenlaufstall bekommen.

Die Feuerwehruniform hing poliert neben der Tür. Falls der Blitz einschlüge. Sah noch der Bäurin, den Kühen ins schwarzweiße Antlitz, ein Kuwaç leitete mich an den Vorflutergraben. Mimi schlippert verdünnte Milch selbstverständlich, daß es ihr nicht gleich durchgeht. Ich will an den Strand. Und muß Briefmarken ziehn. 30. Decembrius 89: Habe meine

Post auf die Fähre getragen, damit der Verlag im nächsten Jahr nicht arbeitslos ist. Oder nur politische Bücher abgeben kann. Nachher kehrt die Alte zurück. Bleiben mir noch drei Tage. Die ich verwandern, ver-

schampa wulla wussa ólobo

schreiben kann, die mitgebrachte, die Arbeit ist ja getan. Ne feine brave Lady bin ich. Pflichtbewußt? Ach ja, es geht auf dem Schreibegebiet. Später mache ich Aquareller. Ein englisches Farbkästchen habe ich bei mir. Male mit Urin oder Tränen. Besitze leider wenig Talent, nur viel Geschmack. Erhole mich dabei gedankenabwesend. Bißchen wat Dekoratiefes, darinnen trudelt das Herz sich zurecht. Wasche die neuen

Fig. 181. Nebelkrähe. (*Corvus cornix.*) 45 Zm. lang.

Gummistiefel. In denen gehe ich zu meinen Windmühlen hin. Die stehen auf einem Hügelchen direkt an der See mitm langen Anlauf für das himmlische Kind. Eine Mühle heißt Aurora, die andre Fortuna.

Aurora hat das Kind vom ersten Müller erschlagen als sie durchgedreht ist. »Einmal dreht jede Mühle noch durch«, sagt meine Alte, die wieder da ist. Sie hat mir Plinsen gemacht, dazu gibt es Dickmilch. Ich kann das ab, wie es hier heißt. Und Aurora bereute nichts, schlug mit den Flügeln herum, sprach papperlapapp. Ich umkreiste sie mehrfach. Bestimmte die Reste der Blümelein, die schönen Flechten an ihrem Fuße. Herrschte ein schneidender Wind. Im Sommer habe ich hier Gentiana pneumonanthe gefunden. Davon konnte keine Rede mehr sein. Es wehte mich in eine halbversandete Telefonzelle rein, ein seltsamer Anblick im Winter, viereckig in leerer Landschaft. Das Strandgut vielerlei Plastik. Ein Kanister von den Kapverdischen Inseln. Rief nochmal in T. an, dort war alles in Ordnung. Hörte Robertchen bellen. Froh durch die Dünen, das spätere Schilf, worin es behaglich geraschelt. Ein Gänschen, das sich verabredet hat. Flog ein Kormoran auf, und ich war erstaunt, ihn jetzt anzutreffen. Es verändert sich alles, wir stecken in einer geräumigen Klimaverschiebung schon drin. Und wenn das Wasser weiterhin steigt, tauchen die Inseln bald weg oder ich lebe auf dem Boden des Meeres. Fühlte jedenfalls auf dem Rückweg meine Kiemen ordentlich wachsen. Meiner Alten Schwester geht es nun besser. Würde wohl wieder auf ihre groben Füße gelangen, kochte schon scheußliche Dinge, als wär nichts gewesen. Wir zündeten uns ne schwarze schöne Anarchistinnenkerze nun an und machten Teepunsch. Meine Alte rauchte ihre exentrische Pfeife. Wir spannen vom Schafe Augusta, welches draußen vorm Fenster angetüdert ja war für Bettvorleger und aufrechte Sweater. Zum Schluß malte ich unter dem Dach wahrhaftig zwei Aquareller, was mich kilometerweit abheben ließ, heute würde man sagen »entspannte«. So wildere ich in fremden Revieren, schieße mir einen knallroten Fuchs ab. 31. Dezember 1989: Kam auf dem Friedhof der Namen losen wieder hernieder. Mein Lieblingsort auf der

Insel. Alle, die hier Unterkunft fanden, hat die Strömung zusammengeführt. Auf ihren gleichmacherischen Kreuzen befindet sich nur das Datum der Landung. Saß bei ihnen und schrieb in Handschuhn mit abgeschnittenen Fingern. Die schmalen Grabhügel sind mit Muschelschalen bestreut, Blumen der See. Eine Frau ist da auch angelangt. Ich hatte ihnen alles mögliche mitgebracht, was ich verteilte: Astarten, Islandmuscheln und einen schönen Palmentang-Wedel, und die Dame bekam einen gut geratenen sog. Brotkrumenschwamm. Die großen Mantelmöwen segelten und kreischten über den Toten, und die freute das sehr. Dann läutete Sturm die Kirchenglokken. Riefen: »Die Sarazenen kommen!« und müssen geschlafen haben. Aber sehr schön isses gewesen, das kann man frau tier pflanze anders nicht sagen. Saß noch mal nieder mit ner Runde ungleicher Menscher unter den Namen der verblichnen Pastoren. Die Steinfliesen waren mit Seesand bestreut, und durch die grünlichen Scheiben floß das Abendrot für eine kostbare Zeit. Die Kirche war ein altes schlingerndes Schiff und wir die wechselnde Mannschaft. Längst unterwegs in einen unbekannten vermutlich barbarischen Hafen. Gleich geht das Jahr zuende. Morgen Abend verlasse ich diese Insel mit meinen Ge-

schenken des Meers. Bunte Muscheln, so schwarze Rocheneier. Verabschiede mich von meiner pfeiferauchenden Alten. Weiß nit, ob ich sie wiederfinde. Immerhin steht sie im 88. Jahr. Ihr Mann zählt zwei Jahre weniger, das hat auf der Insel bis jetzt zu Hohn und Spott oft geführt. 1. Januarius 90: Schwarz ist der Schrot/Im Rohr meiner Flinte./Feuerfarben/Sprühen die Garben/Hinter dem Wilde dahin.//Heute das Wild/Und morgen der Jäger!/Nachts in der

Hütte/Stören mich Schritte,/Aber ich höre nichthin./ Eines meiner siebzehn Lieblingsgedichte. Bin zu Neujahr immer skeptisch, rede am liebsten bloß

Glükkseligkeit.

mitten Thieren. Mit Toula zuvörderst. 5. Januar 90: Die Schafe sind sämtlich gefüttert. Matsch überall. Mit dem Hund in die Landschaft. Verrücktmachendes

Abendrot winterlich explodierend, und gegenüber ne dunkle Transall-Maschine im Mondlicht. Alles gleichzeitig und wie ein Bild von Radziwill auch: die windschiefen giftgrünen Scheunen, der schwarze Güllesilo und bohnengrüne Wiesen. Auf der Westseite also das Abendrot, auf der Ostseite Vollmond. Die Purpurweiden selbstleuchtend aber auch vom Abendrot dazu gezwungen. Und dann noch verschiedene sehr große flutende Krähenschwärme. Die sich überschneiden, teilen, zusammensinken uns nah mit ihren mitteilsamen irdischen Stimmen. 7. Januarius 90: Unser Landarzt kam hier entlang, reichte für Moritz eine gesegnete Krankschreibung, für mich einen Totenschein rüber. Leer selbstverständlich. Wollte einen zu Lebzeiten studieren. Heute wahres Selbstmörderwetter. Kein Luftzug, keine Farbe des Himmels. Nebel und Getropfe. 10. Januarius 90: Befinde mich auf erneuter Winterreise. Den Hinweg nehme ich per Schiff was mich großartig freut. Mietete eine Kajüte, eine mit Fenster. Wir legten ab und der Freund blieb mit dem Hunde zurück. Habe eine einzige schwedische Lesung und fliege retour. Nicht ökonomisch abern Forschungsprojekt. Sie müßten mir Marschaller anzünden daß ich auch käme hab ich verlangt. So heißen Windlichter, die in Schweden äußerst gebräuchlich sind, besonders im Winter. Leiten sich von Pechpfannen ab. Führen den Fremden zum Gastmahl, vertreiben gräßliche Trolle. Alles wurde mir zugesagt. Auf Schiffen befinde ich mich so froh! Muß sich diesbezügliches in meinen Genen aufhalten. Letztes Abendlicht auf der Baltischen See. Das unvergleichliche Blau. Wellen mit Grafenkronen. Liebenswürdig der mächtige Ozean, aber ich hörte, man müßte mit Stürmen rechnen. Ich liege in meiner Koje und habe, wenn ich aufsehe, Lieblingsbilder vor Augen. Einen Leuchtturm jetzt auf dem Vorland. Lese kleine biografische Prosa von Ekelöf. Wunderbare rhythmische Texte. Am nächtlichen Himmel fliegen die Wolken, das Schiff eilt in die Dunkelheit. Eine weiße Schaumfläche in gleicher Höhe mit der Leereling unter mir. Sah die Salons vorher durch. Am Roulette betrogen sie sich am frühen Abend. Ein etwas großkotziges Schiff leider, und zur Hälfte ein deutsches. Nicht vergleichbar der »Kronprins Harald«. Hau mich nun auf mein Ohr. Meinen Ohrring. 11. Januarius 90: Wurde nachts fast aus der Koje geschleudert. Spritzseen an Deck, Sturmboen mit dem Donner großer Kanonen. Unser viereckichtes Schiff wälzt den vibrierenden Leib wild durch die Brecher. Zu beiden Seiten kochender Gischt, der den Rumpf blau aufleuchten

läßt. Ich war die einzige lebende Seele an Deck. Bin unersättlich ins Wasser zu starren wenn der Sturm Trichter und Treppen und eisige Schneisen tief in das Meer wühlt. In der Ferne zappelnd das Schwesternschiff welches ne Nummer kleiner wohl ist. Sehr schade daß man zu dieser Zeit keinen Koffie ausgeschenkt kriegt. Hätte ihn gern da gehabt auf einem Schlingertisch über dem Abgrund. Kraken und Rochen darunter. So nahm ich in der Kajüte einen

Schluck Whisky auf nüchternen Magen. Der feurig dort ankam. Habe einen alten Schweden in meinem Transistor. Positionsangaben von treibenden Fässern. Ne bravouröse Kulisse. Und als ich diesmal aufblicke fliegt draußen ein holländischer Kutter vorüber auf dessen Vorschiff sich Schwäne befinden. Ach wie liebe ich es außerordentlich gleichzeitig auf den Meeren zu fahren zu schauen zu schreiben, die anfliegenden Sender zu hören. Viererley musses wohl seyn. Oftmals fehlt das eine, das langsame Fahren. Ne Fortbewegung im Zug ist nicht vergleichbar. Bringt das Glück nicht tonnenweis mit sich. Zu Hause in T. aber, wo ich mich in meinem Giebel wie auf der Brücke eines ozeanischen Schiffs in der öden Weite herrlich befinde, führt alles dahin, unter den rasenden wechselnden Wolken, daß der Effekt vom Fahren über die Wogen sich leichtgläubig einstellt. Ein feines Thema habe ich unter der Feder! Brauche in T. den Schlangenblick lediglich anzuwenden, die Augen zusammenzukneifen, schon bin ich stundenlang schaukelnd

über der Tiefe im lockenden Wind. Das Licht wandert ja in den Wolken. Und bewirkt daß mir zumute ist ich bewegte mich über den fixen Planeten. Natürlich suche ich mir diese Annehmlichkeit so oft wie möglich zu verschaffen. Mit Unterstützung eines uthlandigen Senders gelingt es nicht selten, mit schwedischen Liedern wovon mirn vertrautes Wort ein seltsamer Klang unter den Pelz weht. Bin zu allem fähig. Der Rest geht in einer Sturmbö verloren. Und gerade schippere ich an der Insel Møn wieder vorüber wie oftmals im Leben oder zuvor. Hatte die Kreidefelsen den Buchenwald deutlich im Fernglas das ich endlich mitgeführt habe. Sah auch Liselund und vor dem chinesischen Teepavillon, der im Wind etwas schwankte, die rote die grünäugige Katze aussem eignen Gedicht. Wuchtige geschnitzte Wolkenbänke, durch deren Fugen ergreifendes Licht ausgekippt wird. Später war die See eine einzige verlassene Wildnis schwarzer und weißer Hügel. Ich konnte etwas in der Verschwörung kippen der Wellen ausmachen, das wie ein Stück Ufer aussah. Welches? wollte ich wissen und mußte mich in die pochende Tiefe begeben. Bei den stampfenden

Tieren hängt die Seekarte aus mitm leuchtenden Pünktchen unserer Position. Das Land also vor meinem Leib war immer noch Dänemark. Es sind keine Kenntnisse aus der volkseigenen Schule vorhanden. Gehe nun Rote Grütze essen wie stets auf nördlichen Schiffen. See you wiederum erfreulich und later James Green, Alligator. In zwei Stunden sind wir da. Sah Landvögel fliegen. Werfe meinen Krimskrams zusammen. Eine artige Ratte fragte, ob sie mit Hülfe meiner phantastischen Tasche aus Büffelleder an Land wohl geriete. Gestattete den Unterschlupf unter der Bedingung daß sie meine Papiere nicht ruinierte. Noch schnell aussem Dutyfree Zahnpasta kaufen. Habe meine vergessen. Außerdem ist es erfreulich im Necessaire auf solche aus Schweden oder Grönland zu stoßen, was die Reise ins Gedächtnis dann holt. Ich verlasse schon die Kajüte. Die Ratte soll gefälligst ihren nackten Schwanz nicht hervor-

kehren man handelt sich böse Blicke ein. Bin im Hotel am Lilla Torget. Mitm Zug von Trelleborg her.

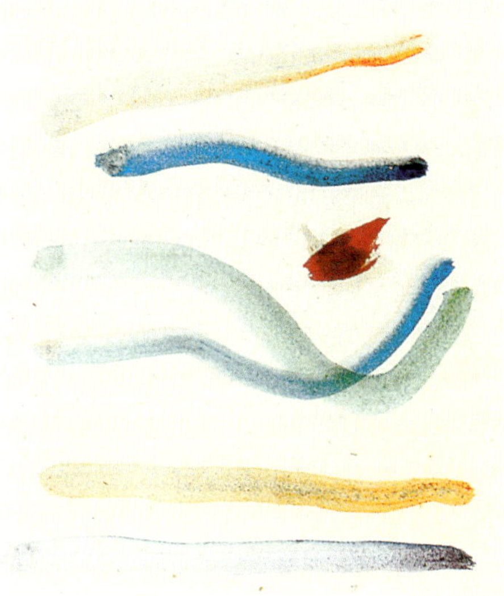

KARAWANE

Überall brennen die Lichter. Marschaller nicht! Erheiterndes Zimmer. Überm wackligen Tischlein Reproduktionen von Carl Fredrik Hill. Die Originaler sind in der Konsthall. Der wurde so verrückt daß er es seinen Namen regnen sah in der Landschaft. Und es abgemalt hat. Keine muffigen Schränke sondern Garderobenständer mit gläsernen klingelnden Bügeln. Im TV eine Sendung übers knisternde Lappland. Warum bin ich eigentlich nicht dorthin gefahren? Läse den verstrahlten Rentieren vor. Was isses fürn ehrwürdiges Fachwerkhaus! Ausgetretene Schwellen und Stufen. Wo war ich? In Buttericks Zauberladen. Berühmt durch H. C. Artmann. Wo es die von ihm

beschriebenen Wunderdinge immer noch gibt. Erwarb einen Vogelschnabel über die eigene Nase zu hängen, am Mittsommertag wie eine Rotdrossel singen. Vampyrzähnchen für mein inzwischen mündiges Kind und Wolfsgeheul auf ner Neunzigminutenkassette. Hab ich im Walkman drin für den Rückflug. Gleich treffe ich mich mitm Lektor, der mir meinen

Anteil an kommender Arbeit verklickert. Der Larsson entpuppte sich als ein langer sehr junger Spund. Hat auch einige Stückchen von mir übersetzt. Was ich gottlob kaum beurteilen kann. Holt mich morgen nachm Frühstück hier ab. Ich geh durch den königlichen Park und dann zu Bette. 12. Februar 90: War ne auspowernde Lesung bei besonders gelehrten Häusern. Was die alles rausgekriegt haben aus meinen bescheidenen Texten man darf sich bloß wundern. Und hatten! Marschaller angezündet im Hörsaal der Anatomie wo alles stattfand. Mindestens fumpfzig. Kopfsteinpflaster und winzige Gassen während es schneite. Die Runensteine gesehn. Anschließend noch auf einen alten Gutshof wo der Larsson sein Domizil hat. Übersetzungen durchgehn. Dauerte ne ganze Weile aber wir waren mit Aquavit und salzigen Kuchen bestens versorgt. Durch zugefrorene Scheiben blickten Tiere uns an die man als Elche hätte durchgehen lassen. Es schneite sich endgültig ein. Am dunklen Nachmittag einen Abstecher nach Smygehuk aufn klapprigen Leuchtturm getan. Die Lichtfinger leiblich gesehn. Bei dampfendem Wasser stiebendem Schnee. Nichts Schöneres giebt es auf Erden als wenn es so widersinnig in den

Ozean schneit. 21. Januar 90: Aber ist es nicht wunderbar daß wir gestern nicht nach Hamburg zu der Fete gefahren sind? Bin sehr zufrieden weil mir kein Stäubchen abgestreift wurde. Mit niemand brauchte ich reden. Besonders nicht über die Stasi, das Ländchen. Bin noch komplett. Stak auch nicht im Elbtunnel fest. Sondern erblickte zu der Zeit als wir fortgemußt hätten ne schöne Schute auf unserer Eider und im schwarzen Wasser die zweite gespiegelt. Drei nette Leute traf ich zwar auch nicht, aber meine edelsten Vorstellungen von denen sie sind so unerschütterlich daß Verharren dabei mindestens so verlockend ist wie neue Erfahrungen machen. Ich blieb einfach in diesem unerklärbaren Haus, sprach mit Hund Katzen Esel und die Nacht fiel langsam hernieder und der Mond ging späterhin hinter dem Flusse sonderbar auf, ein Spänchen von Mond und ne Handvoll noch Sterne. Und ich dachte wieder und wieder wie gut es doch wäre nicht auf der Fete zu sein, das lief mir über das Herz wie ein Glas Branntwein. Der Wind strich so selbstverständlich ums Haus als hätte ich es niemals auch nur für kurze Zeit verlassen wollen, und Loulou sprang aus dem Fenster, und es kam Anna Blume herein mit Schneeflocken im blauen Fell, alles war wunderbar, und in Hamburg auf dieser Fete hätte

ich sicher schon die ersten Gäste beschimpft, die aussem Homeland. O dieses nährende umgebende Flachland, dieses hundertjährige verständige Haus das immer noch dasteht wie ich es zum ersten Mal sah den kleinen Hyperion in der Tasche, mit Rabenflügeln darüber dem ungebrochenen Wind, den stillen Maulwürfen den begreiflichen Bauern. Ich gehe auf dem Deich spazieren vom Bussard betrachtet aus schwindlichten Höhn. Der Hund schnüffelt lange an einem umgeworfenen Boot. Fünf Elstern schaukeln lachend wie japanische Drachen im Wind, und ich will weiter nichts als hier ein paar Jahre gehn, in das Haus retournieren und in ihm Papier mit meiner Schrift bedecken ohne einen besonderen Grund. Sollte mich noch besser umzäunen. Paar Tretminen legen. Ich sehe lieber ne Handvoll Moos als beliebige Menschen. Es lächert mich stark. Ich drifte mit einem unverständlichen Sender im Ohr hin durch die Zeit. Kann mir aus meiner Dienstmädchentruhe verschiedene Flügelchen holen. Diese Musik gerade könnte im Freien hergestellt sein. Verschiedene Flöten slawische Schluchzer. Es stehen Tische und Bänke auf einer Wiese. Am Ohrid-See? Nein, das ist in Polen. 12 Uhr Mittag am Ufer der Weichsel. Vasko kaufte mir Veilchen. Freundbruder aus Wolfsland. Ich hatte meine existenziellen Fragen gestellt da ich ihn für kompetent hielt. Und mehrfach gingen wir in Warschau über eine breite Treppe die mir auf der größeren Spanischen in Rom später wieder einfiel. Und wenn ich den Text von 1990 1991 abschreibe ist Vasko tot. 24. Januarius: Fand ein nettes Gespräch statt über Nacht. Ich geisterte umher weil Loulou die Tür aufgeklinkt hatte und ich sie wieder schließen mußte wenn ich nicht wollte daß der neufundländische Hund sich in mein Bette legt, und der Compositeur fragte schlaftrunken: wo kommst du denn her? Ich: vom Mond, da bin ich mitunter, du bemerkst es nur nicht. Er: hast du dein Bündelchen Holz da geholt? Ich: ja, weil der Mond abgenommen hat ist wenig Platz!

27. Januar 90: Der Sturm ist gänzlich vorüber. Einhundert Tote, die Hälfte davon in England. In T. hat er ein Dach (bei Opa Cordts) und eine Platzwunde am Kopf (des zweiten Bürgermeisters) gekostet, welch letzterer ein fliegendes Bushäuschen festhalten wollte. Der Deich bei Dagebüll ist diesmal stehen geblieben. In England mußten Millionen sehr alter Bäume dranglauben. 18. Februar 90: Entzückende unterschiedliche Mäusegraus heute am Himmel. Ich höre eine dänische Predigt. Bezaubernd der Pfarrer mit seiner Mühlsteinkrause am Hals. Die Kirchenlieder von äußerster Schwermut. Man stürzt sich vom Turm in den Güllesilo. Der Compositeur soll mir aus Hamburg eine kleine Porzellanpalette mitbringen. Mal sehn ob er drandenkt. Wenn nicht kann er gleich wieder umdrehn. Bin bei der Vorstellung sauer. Alles ein hübsches Theater. Dramatik! Angrenzender Wahn-Sinn! Viel Geschray überhaubt. Sehr beliebt hier im

Moor. Robert und Moritz gehen am Horizont entlang. 21. Märzen 1990: Das Wetter ist wundersam trübe, heimtückischer Nebel fegt über die Elbe. Muß mir überlegen, was ich abends vorlesen könnte. Zwei Stunden Lesung sind bestellt, es ist mein Gesamtwerk das ich hinblättern muß. Hier blühen die Birnbäume schon. Unerbittlich und böse blicket aus der Scheibe mein Spiegelbild. Ne sehr mürrische Löwin. Habe

Zettelchen eingelegt. Schöne Burgen um Göttingen immer. Habe mir Koffie geholt. Und nette Schlösser. Ich grüße die Düstere Straße, wo sich sommers ein Schaf auf dem Dache befindet. Unter dem Dachschaf die Pachulken der Principal welche meine Texte abnudeln und nichts als Zwiebelfische herstellen und

Fig. 18. Tiegeldruckpreses für Handbetrieb aus dem Jahre 1865.

Hurenkinder. Misteln in riesigen Eschen die ich sämtlich schon kenne. Von meinen verbreiteten Missions-

reisen und Alphabetisierungsversuchen. Es ist spät auf Erden. So kommt die Gegend der Kirchtürme mit vieren Nebentürmen am größeren dran. Wer sagt mir den Fachausdruck für diese wackren Kerle? Quäälkraam was nicht benannt werden kann. Die Fahrt längs durch Wessiland ist interessant in Hinblick auf die sich wandelnden Türme. Fängt mit dem Meldorfer Dom an der gar kein wirklicher Dom ist, nie hat da ein Bischof gesessen. Die Serie geht vom Backstein weg schließlich zu weißgoldenen Zwiebeln hin. See you later James Alligator wie ich seit Jahren schon sage. Ne Glocke hat sich übern Planeten gestülpt. In Fulda sind sie an der Pest lange gestorben so leer wie es da ist. Wahnsinnich lang der Schlüchterner Tunnel. Und von Mal zu Mal länger. Komme wohl in Australien raus wo sich Schädlich befindet. Überall ist Göthe-Land. 24 Uhr: alles gelaufen. Enorme Sicherheitsvorkehrungen im Tempel. Ab und zu gibts einen Anschlag. Und nichts heileres auf der Welt als ein gebrochenes jüdisches Herz. Bin im Hotel seit einer Stunde. Sie rücken den Litauern dicht auf den Pelz. Habe meinen Ohrring verloren. 22. Märzen: Den Ohrring wiedergefunden. Hier im Hotel. Hatte sympathetischen Zauber darum gemacht. Die Air-Condition ist nix fürn Land-Ei. Gleich kommt ne amerikanische

שרה קירש

מוסיקת חורף

שׁוּעָל אֲדַמְדַּם הָיִיתִי פַּעַם
רָץ וּמְקַפֵּץ לִגְבָהִים
וְהָיָה לִי מַה שֶּׁרְצִיוֹנִי.

אָפֹר אֲנִי עַכְשָׁיו גֶּשֶׁם אָפֹר.
בָּאתִי עַד לְגְרֶנְלַנְד
בְּתוֹךְ לִבִּי.

עַל הָחוֹל מְאִירָה אֶבֶן
עָלֶיהָ כָּתוּב: אִישׁ לֹא שָׁב.
אֶת חַיֵּי הָאֶבֶן מְקַצֶּרֶת

אַרְבַּע קְצוֹת הָעוֹלָם
מְלֵאִים בְּסֵבֶל אַהֲבָה
הִיא כַּשֶּׁלֶד הַנִּשְׁבָּר.

Mutter mich auszuquetschen. Soll ich die Hotelpantoffel nun mitnehmen oder nicht? Dieser Schuppen ist bei Th. Mann ausführlich beschrieben. Unter

Hochstapelei. Bin auffem Perron. Viel versoffne Naturen unterwegs durch die Zeit. Großartige Taschenbücher in meiner Tasche. In Francoforte hol ich mir stets was aussem Taschenbuchladen. Heute ne Gesamtdarstellung der irischen Elfen und änglischen Wesen unter Berücksichtigung der gesamten übrigen Welt. Damit bis hinter Hamburg gelangt. Itzehoe. Sehe Maestro Kunert meinen langjährigen Freu(n)d sich übern Steuerbescheud die Haare raufen. Im Hintergrund Blechspielzeug und die zwei letzten Katzen. Stählerne durchsichtige Himmelsfarben. Ähnlich der Leibfarbe der Guramis bei den Zierfischen könnte man sagen. Es geht auf die Hochbrücke zu. Sie ist ne Sprungschanze für meine Seele. 25. Mayen 90: Ein runder ländlicher Regen. Die geschorenen Schafe wie Ziegen. Oder die dunklen wie Wild. Sie frösteln.

Turin ist deutlich das kleinste Tier in der Herde. Dauerte wieder zwei Tage bis die neugeborenen Lämmer ihre Mütter erkannten. Die andere Umrisse hatten. 27. Mai 1990: Solange der Pferch vom Scheren aufgebaut ist wollen wir den Schafen die Hufe noch schneiden. Die Droge eingeben wie die Einheimischen das Entwurmungsmittel lasch nennen. Dann wieder ab auffen Deich. Wir haben uns dazu auf 15 Uhr verabredet. Danach wird mein gutes Gewissen grenzenlos sein. Das sind sehr starke Pflichten wie ich sie empfinde seit wir diese Tiere besitzen. Dafür gibts den federleichten Sinn wenn alles getan ist. Ne dermaßen starke Verantwortlichkeit besteht für mich nur noch bei Tieren und Pflanzen. Zuverlässigkeit Menschen gegenüber kommt nicht mehr auf. Habe den günstigen Ruf mir lange erworben daß es gut sein kann daß ich erst gar nicht erscheine wie eine Frau Callas. Die ich außerordentlich liebe. Gehe nun an meine winzige Prosa. Vom Stadtgottesacker sintemalen. See you later James Green. Die Schafe also wurden zwiefach behandelt. Wir sind klatschnaß vom Regen und mistig. Die Schafe, geschoren und triefend, boten nix Griffiges mehr außer denen welche Hörner besitzen. Alles geschafft. Mit gelinden Krächen wie immer. 17. Septembrius: Eben noch im wasserdurchlässigen

Zug von der Insul Sylt im Orkan, nun schon wieder in gegenläufiger Richtung. Wo geht es hin? Weiß der Teufel wo die Nesterchen liegen. In denen ich Unwissenden vorlesen soll. Das Wetter verändert sich gerade sah die Sonne blutig hervorquellen hinter der Eyder. Die Bewölkung in der Art zersprungner Emailleschüsseln. Bin hinter Bielefeld auf der letzten Etappe. Alles zu dicht besiedelt. Vollgestopft mit Industrie außerdem. See you later dann im Hotel. Die kleine Stadt ist mächtig zerwühlt und gestaltet sich postmodern um. Und nachher lese ich in einem Pseudopalast und habe was Vernünftiges dennoch getan. Wie die Schulden verschwinden! Ich darf nur nicht aus Verzweiflung über mein Wandeln in der Diaspora das Göld hier wieder durchbringen. Es istn grauenvoller entsetzlicher Ort hier. Sollte mal wieder zwei Jahre nicht lesen. Naja ich fange mich schon. BELLA SUNT FINIS OMNIUM + GENIT REX + PAX EST CUSTODIA RERUM steht auf den Balken gleich gegenüber. Die Lesung ist eine Gewesene, es lohnt nicht zu maulen. 18. 9. 90: Avanti! Auf die Pferde nun Lady! Preßluftbohrer ringsum. Aufbau oder Abriß? Durfte einem Vergolder über die Schulter spionieren. Blattgold hatte der kistenweise. 19. September 1990: In Minden mit einem Taxometer an das Wasserstra-

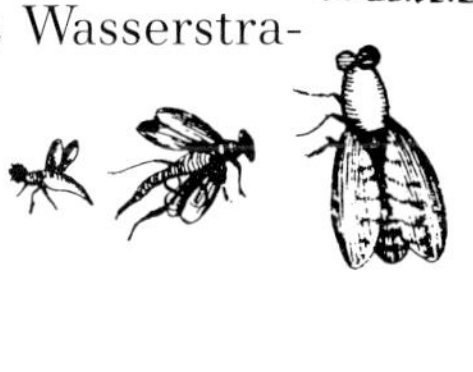

Mucken

ßen-Kreuz aufgebrochen weil es fürchterlich goß. Es geht der Mittelland-Kanal da über die Weser. Die Schiffe schwimmen 14 m höher quer über den Fluß was wunderbar unorthodox aussieht. Da ich ausstieg und mir alles lange betrachtete war ich dennoch naß wie ein Pudel. Im alten Hotel »Victoria« wendete sich alles zum Guten weil die Heizung dort schnaufte und

zischte. Wurde nicht heiser, was die Furcht auf ner Missionsreise ist. Trinke noch Punsch welchen der Hausdiener brachte. Er holte auch meine Stiefel ab um sie neu zu polieren. Die Schuhputzmaschine von 1888 war gerade ans Museum verkauft. 21. September: war des Esels dritter Geburtstag. Bin aus diesem Grund mit ihm auf der Kruppe des Deichs weit! weit geritten. Sah den Pirol in den Silberweiden ganz oben wo der Blättersaum vom Himmel sich kaum noch abhob spazieren. Mit dem Kopfe nach unten. Wer? Vielleicht ich auf dem Esel? Der Pirol quittegelb in den Silberweiden sich verlustierend? Hoch lebe das Kopfhochtragen! Mein treuer Reitknecht fiel dem Grauen itzt in den Zügel. 1. Decembrius 90: Ich bin ein Landstreicher wie ich umherziehen muß. Wander-Arbeiter bestimmt. Ne seltsame Art einen Lebensunterhalt sich zu verdienen. So ging es über Stock und Stein daß die Haare pfiffen!

Berichtigungen.

Seite 10; lies: *Cúculus canórus.*
Seite 24; lies: *Formíca.*
Seite 218; lies: *Theraphósa.*

Druck von E. Buchbinder in Neu-Ruppin.

ÓLAFUR JÓHANN ÓLAFSSON

Vergebung der Sünden

Aus dem Isländischen
von Moritz Kirsch.
310 Seiten, Leinen, DM 38,00

*

Zwei gescheiterte Ehen, Kinder, die er verabscheut, ein Leben voller Haß im Schatten eines furchtbaren Verbrechens: Das ist die Bilanz, die Peter Peterson zieht, als er spürt, daß er bald sterben wird. In New York hat der skrupellose Isländer in kurzer Zeit ein Vermögen gemacht. Doch der Vergangenheit kann er nicht entfliehen. »Vergebung der Sünden« ist eine subtile Charakterstudie und zugleich ein fesselnder Psychothriller, der den Leser bis zur letzten Zeile einem raffiniert ausgeklügelten Wechselbad der Gefühle aussetzt. »Ein kluger, überraschend komischer Roman über Verbrechen und Strafe« (The New York Times).

ELKE ERB

Der wilde Forst, der tiefe Wald
Auskünfte in Prosa

384 Seiten, Leinen, DM 34,00
Steidl Verlag · Göttingen

*

»Auskünfte in Prosa« nennt Elke Erb im Untertitel *ihren* literarischen Beitrag zur Wende. Die in der Eifel geborene Autorin, die es als Kind in die DDR verschlagen hat, wurde für ihr Werk zuletzt mit dem Erich-Fried-Preis und dem Ida-Dehmel-Preis (beide 1995) ausgezeichnet. »Der wilde Forst, der tiefe Wald« ist eine sprachlich facettenreiche Chronik der Jahre 1989 bis 1995, die Autobiographie einer Dichterin. »Kaum stehe ich auf, bin ich ein Automat des üblichen Tagesablaufs. Heute gebe ich dem Automaten einen Spiegel bei, um abzulesen, was der Spiegel verzeichnet. Die Einladung, diesen Tag zu beschreiben, ist wie eine zweite Sonne; Ausnahme, Zusicherung. Das spiegelnde Sehen – das zweite Licht.« Der Autorin gefällt es, »Reaktionen auf Literatur und Un-Literatur nebeneinander« mitzuteilen, beides gleichzustellen. So ergibt sich in ihrem neuen Buch »insgesamt Existenz von drüben«.